AF234239

CATALOGUE

DE

MEUBLES D'ART

Anciens et Modernes

SCULPTURES PAR CARRIÈS ET CARPEAUX

PORCELAINES DE MENNECY, DE SAXE, FAIENCES

OBJETS DIVERS — TABLEAUX — CADRES

BRONZES, CUIVRES, PLAQUÉ

Pendules et Cassolettes Louis XVI, Buste, Vases, Lustres

MEUBLES ANCIENS ET DE STYLE

RÉGULATEUR, VITRINE, TABLE de chez LYNCK et SORMAIN

SIÉGES, CANAPÉS, FAUTEUILS STYLE LOUIS XIV ET LOUIS XVI

TAPISSERIES ANCIENNES

DU XVIe SIÈCLE

Tableaux en Tapisserie du XVIIIe siècle

Rideaux, etc., etc.

DONT LA VENTE AURA LIEU

HOTEL DROUOT, SALLE N° 11

Le Mercredi 20 Novembre 1901

à deux heures

COMMISSAIRE-PRISEUR	EXPERT
Me LÉON TUAL	**M. B. LASQUIN**
56, rue de la Victoire	12, rue Laffitte

Chez lesquels se trouve le présent Catalogue

EXPOSITION PUBLIQUE

Le Mardi 19 Novembre 1901, de 1 h. 1/2 à 5 h. 1/2

CONDITIONS DE LA VENTE

Elle sera faite au comptant.

Les acquéreurs paieront *dix pour cent* en sus des prix d'adjudication.

L'exposition mettant le public à même de se rendre compte de l'état des objets, il ne sera admis aucune réclamation l'adjudication prononcée.

Paris. — Imp. de l'Art, E. MOREAU et Cᵢᵉ, 41, rue de la Victoire

DÉSIGNATION

SCULPTURES

CARRIÈS

1 — *Buste de Louise Labbé.*
Plâtre patiné.

CARPEAUX

2 — *Flore.*
Épreuve en terre cuite.

3 — *Jeune Napolitain.*
Épreuve en terre cuite.

PORCELAINES

4 — Un sucrier, quatre tasses et cinq soucoupes ;
en porcelaine de Mennecy à décor de fleurs.

5 — Grand seau en porcelaine de Sèvres, pâte dure,
décor de myosotis et de perles, anses coquilles
et feuillages.

6 — Partie de service en vieux Saxe, composé d'une soupière ovale et son plat, trois plats longs, un plat rond et treize assiettes, décor d'oiseaux et insectes. (La plupart fracturés.)

7 — Deux saucières en Frankenthal.

8 — Tasse et soucoupe en porcelaine de Chelsea, décor d'oiseaux, bordure rose et or.

9 — Un plat en vieux Japon, décor bleu.

FAIENCES

10 — Une soupière et son plat, en faïence du Midi.

11 — Un bidet en vieux Rouen.

12 — Huit assiettes diverses, en faïence de Moustiers, de Strasbourg et de Milan.

13 — Une jardinière en vieux Rouen.

14 — Deux plats en faïence de Delft, décors polychromes.

15 — Un autre plat, décors bleus.

16 — Deux jardinières-appliques en vieux Rouen, à décor bleu et rouge.

17 — Deux vases cylindriques, faïence genre Castel-Durante.

MINIATURES

18 — Dagoty (1829): Portrait d'homme.

19 — Dagoty (1832): Portrait de femme.

20 — Dagoty : Portrait de femme.

OBJETS DIVERS

21 — Croix-reliquaire, en agate blonde.

22 — Petite peinture : Port de mer, genre J. Vernet.

23 — Pastel du XVIIIe siècle: Portrait d'homme en buste.

24 — Petite peinture du XVIIIe siècle : entrée de port animée de figures.

25 — Petit dessus de porte du XVIIIe siècle: Vénus et l'Amour.

26 — Deux peintures sur cuivre, attribuées au chevalier Breydel : Batailles.

27 — Sept peintures diverses.

28 — Deux cadres ovales Louis XIII, en bois sculpté
et doré.

29 — Cinq pièces, baguettes Louis XVI et petits
cadres en bois doré.

BRONZES, CUIVRES PLAQUÉS

30 — Paire de beaux flambeaux-cassolettes, de
l'époque Louis XVI, en marbre blanc, bronze
ciselé et doré, à trépieds terminés par des têtes
de femmes.

31 — Paire de flambeaux, de l'époque Louis XVI, en
bronze doré, modèle de *Delafosse*.

32 — Pendule Louis XVI en bronze doré, à figures
d'enfants guerriers, trophées et buste-applique;
socle en bois noir.

33 — Pendule Louis XVI, forme pyramide, en
marbre blanc et bronze doré, à trophées d'attri-
buts guerriers.

34 — Petite pendule Empire, le cadran supporté
par quatre sphinx en bronze doré.

35 — Buste grandeur naturelle de Marie-Antoinette,
bronze d'après *Leconte*, 1783.

36 — Deux grandes appliques à trois lumières, de
style Louis XV, à feuillages et rocailles.

37 — Quatre petites appliques, genre Louis XV, à
deux lumières, en bronze.

38 — Suspension de salle à manger, genre Renais-
sance, en cuivre poli, de chez *Gagneau*.

39 — Deux grands vases en bronze du Japon, à
dragons en reliefs.

40 — Un lustre-plafonnier à l'électricité, bronzes
garnis de cristaux de chez *Vian*.

41 — Chenêts en bronze doré, à figures d'enfants
en bronze patiné, montés sur des motifs rocailles.

42 — Deux flambeaux style Louis XIII, à tige trian-
gulaire, en bronze doré.

43 — Un vase à eau bénite en cuivre jaune repoussé,
à une anse.

44 — Deux petits bras à trois lumières en bronze
doré.

45 — Pot à eau et cuvette en métal guilloché et
argenté.

46 — Un grand broc en cuivre rouge repoussé.

47 — Une jardinière en cuivre rouge repoussé.

48 — Lanterne d'antichambre, forme carré, en fer
forgé.

MEUBLES

49 — Régulateur, de style Louis XV, en bois de
placage, à marqueterie à fleurs richement orné
de bronzes ciselés et dorés, le tout surmonté
d'un amour.

50 — Jolie vitrine, de style Louis XVI, exécutée par
Lynch, en acajou, ornée de bronzes dorés et
d'un panneau en vernis Martin, d'après Boucher.
Pieds cambrés, dessus de marbre.

51 — Vitrine genre Louis XIV, en bois de placage
garni de bronze ; l'intérieur garni de soierie brochée vieux rose.

52 — Vitrine de salon, genre Louis XV, en bois
sculpté et doré, avec tablettes et fond de glace,
supportée par une console à quatre pieds rocailles.

53 — Petite banquette à deux accotoirs, en bois

doré, de style Louis XVI, garnie de soie brodée
à fleurs.

54 — Table à thé ovale, genre Louis XV, en acajou,
ornée de bronzes, à feuillages. Le dessus forme
plateau.

Pièce d'exposition exécutée par *Sormani*.

55 — Petite banquette, style Louis XVI, en bois
peint, avec écusson de velours.

56 — Canapé, de style Louis XVI, en bois sculpté
et laqué, à dossier canné et coussin de velours.

57 — Petite console à deux pieds, de style Louis
XVI, en bois sculpté et laqué, ceinture à rosace ;
l'entrejambe supporte un vase.

58 — Bureau de l'époque Louis XV, à dos d'âne,
en bois marqueté, à fleurs.

59 — Petit secrétaire en acajou, garni de bronzes
dorés, du temps de l'Empire.

60 — Grand dressoir, de style Louis XVI, en bois
sculpté, à guirlandes, six colonnes, ceinture de
cartouches, et tablette d'entrejambes. Dessus de
marbre.

61 — Petit dressoir, de même style, garni de deux
tablettes cannées.

62 — Toilette à coiffer, de style Louis XVI, en bois
laqué blanc, entrejambe. Dessus de glace.

63 — Table, de style Louis XVI, en bois sculpté et
laqué blanc, à guirlandes de lauriers, pieds fu-
selés et cannelés. Dessus de marbre.

64 — Porte-manteau, en bois laqué blanc, avec tablettes de canne et ornements, lyres sur les
côtés.

65 — Six petits fauteuils, de style Louis XV, en
bois finement sculpté, garnis de velours vert.

66 — Secrétaire, de l'époque Régence, simulant une
armoire, en bois satiné, avec marqueterie de
bois debout, garni de bronze de l'époque.

67 — Table de nuit Louis XV, en marqueterie de
bois de couleurs, à fleurs sur les côtés et da-
mier sur le dessus.

68 — Bureau bonheur du jour, de style Louis XVI,
en acajou, à moulures de cuivre.

69 — Un paravent à quatre feuilles, à rampe con-
tournée, style rocaille, en noyer sculpté à fleurs,
feuillages et ornements ; garni de glaces biseau-
tées et de soieries anciennes brochées à fleurs.

70 — Petite commode anglaise à trois tiroirs, en citronnier et acajou, marquetée à filets.

71 — Un canapé, de style Louis XIV, en bois sculpté, garni de soierie brochée.

72 — Deux fauteuils, de style Régence, grand modèle en bois finement sculpté, avec dossiers garnis en tapisserie au point à fleurs.

73 — Fauteuil, de style Louis XIII, en noyer orné de cuivre doré et en couleur.

74 — Six chaises de salle à manger, de style Henri II, en noyer, garnies en cuir rouge.

75 — Deux colonnes torses, chapiteaux en bois sculpté, travail italien.

76 — Petite commode ancienne en bois sculpté, garnie de cuivre.

77 — Dressoir, genre Louis XIII, en bois sculpté.

78 — Une table de lit en pichtpin.

79 — Bureau ministre en chêne, dessus de cuir.

80 — Fauteuil de bureau, genre Louis XV, en bois sculpté garni de canne.

81 — Petite commode à deux tiroirs, à pieds élevés, en bois de rose, ornée de bronzes. Dessus de marbre.

82 — Armoire ancienne à deux portes sculptées.

TAPISSERIES ANCIENNES

83 — Tapisserie flamande, de fin du xvıᵉ siècle, offrant quatre figures d'enfants debout au milieu d'une sorte de treille, formant encadrement, chargée de raisins, de divers fruits et de feuillages.

Elle est encadrée d'une bordure de fleurs et de fruits entre deux enroulements de rubans.

84 — Tapisserie de la même série, celle-ci offre cinq figures d'enfants et une femme au centre. Bordure complète.

85 — Tapisserie de la même série : Enfant tenant un alphabet et singe tenant des verges. Bordure complète.

86 — Tapisserie de la même série : Enfant présentant un fruit à un chat-tigre. Bordure complète.

87 — Tapisserie de la même série, offrant des singes jouant avec des chiens, un léopard, un dindon, un coq, etc. Bordure incomplète.

88 — Fragment de bordure d'une tapisserie flamande du xviiᵉ siècle à figure d'enfant, cartouches et corbeilles de fleurs.

89 — Deux tableaux en tapisserie du xviiiᵉ siècle : La Vierge et Jésus, en buste. Cadres anciens en bois doré.

90 — Tableau ou feuille d'écran en tapisserie flamande du xviiiᵉ siècle : Bouquet de fleurs dans un vase et perroquet.

91 — Tableau genre *Savonnerie* : Chiens dans une niche.

TENTURES, RIDEAUX

92 — Deux paires de rideaux avec lambrequins en étoffe brochée et peluche verte.

93 — Deux coussins en étoffe brochée.

SUPPLÉMENT

94 — Quatre fauteuils, style Louis XVI, en noyer
sculpté, recouverts en velours brodé, avec médaillons.

95 — Quatre rideaux de fenêtre, avec lambrequins,
velours brodé et médaillons.

96 — Un bandeau de cheminée, même étoffe.

97 — Paire de lampes en porcelaine de Chine;
monture bronze.

98 — Une table de salon, noyer et filet or; dessus
peluche grenat.

5
90
6
7
8
21
22
23
24
25
28
32
33
34
90
91

RED. :

19